LE

BAISER DE SUZON

OPÉRA-COMIQUE

Représenté pour la première fois à Paris,
sur le théâtre de l'OPÉRA-COMIQUE, le 4 juin 1888.

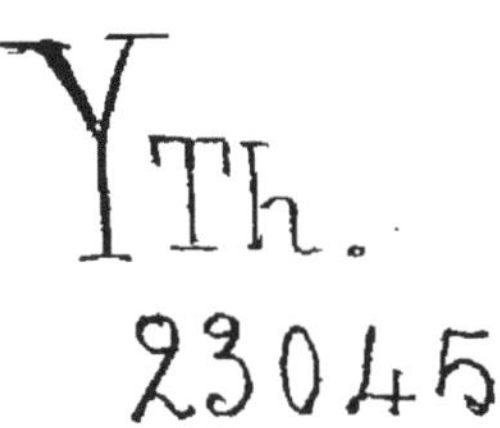

CALMANN LÉVY ÉDITEUR

DU MÊME AUTEUR :

LE ROI CHEZ MOLIÈRE, intermède en vers.

INDIGNE, drame en quatre actes.

L'ENCLUME, opéra-comique en un acte.

LE MODÈLE, comédie en un acte, en vers.

VINCENETTE, drame en un acte, en vers.

PARIS. — IMPRIMERIE CHAIX. — 41112-5-8.

LE

BAISER DE SUZON

OPÉRA-COMIQUE EN UN ACTE

PAROLES DE

PIERRE BARBIER

MUSIQUE DE

H. BEMBERG

PARIS
CALMANN LÉVY, ÉDITEUR
ANCIENNE MAISON MICHEL LÉVY FRÈRES
3, RUE AUBER, 3

—

1888

PERSONNAGES

SIMON.	MM. Bernaert.
JACQUES	Galand.
LUCAS.	Barnolt.
SUZON.	Mlles Mathilde Auguez.
THÉRÈSE.	Pierron.

LE BAISER DE SUZON

La scène représente une cour de ferme. A gauche la demeure du fermier; à droit l'habitation des bergers et des gens de la maison. Au lever du rideau tous les volets de la ferme sont fermés. Simon sort de la maison.

SCÈNE PREMIÈRE

SIMON, puis SUZON, puis THÉRÈSE.

SIMON.

Le coq a chanté.
La bonne bête!
C'est le gai clairon qui fête
Les grands travaux de l'été!

Ouvrant une porte.

Hé! bergers! vous dormez ferme!
Le coq sonne le réveil!

Ouvrant une autre porte.

Holà! les garçons de ferme!
Debout!... voici le soleil!

Appelant.

Hé! là-haut! Suzon! Thérèse!

SUZON, *paraissant à une fenêtre, à gauche.*

Mon père?...

THÉRÈSE, paraissant à une fenêtre, à droite.

Monsieur!

SIMON.

Le coq a chanté!

THÉRÈSE.

Le coq?

SUZON.

Le coq?

SIMON.

Oui-da! le coq!

THÉRÈSE et SUZON, ensemble.

En vérité?

SIMON.

Allons, debout, ne vous déplaise!

SUZON.

Mon père, j'ai bien écouté,
Et le coq...

SIMON.

Allons, qu'on se taise!

THÉRÈSE.

Êtes-vous sûr qu'il ait chanté?

SIMON.

J'en suis très sûr.

SUZON et THÉRÈSE, ensemble.

En vérité?

ENSEMBLE

SIMON.

Le coq a chanté.
La bonne bête !
C'est le gai clairon qui fête
Les grands travaux de l'été.

SUZON et THÉRÈSE.

Le coq a chanté !
L'horrible bête !
Dès l'aube il vous rompt la tête ;
On ne dort pas en été.

Suzon et Thérèse disparaissent.

SIMON.

Si je n'étais pas le premier levé pour faire lever les autres, aucun ne donnerait le signal ! (Ouvrant la grange à droite.) Eh bien, les bergers, vous n'êtes pas encore en plaine ?... Et vous, les laboureurs ? Allons, allons !... pressons-nous ! l'air frais va vous réveiller !... Vous dites ?... Oui ! allez sans moi ! Je vous rejoindrai dans un moment ! Et que je trouve en arrivant la besogne commencée ! A tout à l'heure, les enfants, et bon courage ! (Descendant en scène.) Et maintenant, occupons-nous de la grosse affaire qui doit se régler aujourd'hui ! (Appelant.) Suzon !

SUZON, à la fenêtre.

Quoi, papa ?

SIMON.

Descends un peu que je te parle !

SUZON.

Je ne suis pas prête, papa !

SIMON.

Eh bien! dépêche-toi!

SUZON.

Je vais me dépêcher, papa!

Elle disparaît.

SIMON.

Lucas va venir! je veux que Suzon soit gentille! il sera moins regardant pour la dot! D'ailleurs, sa ferme vaut la mienne ; il est aussi riche que moi! ça doit lui suffire, que diable! Je croyais bien que la p'tiote dirait : « Non! » mais c'est une fille de bon sens! Elle ne regarde pas au museau! Et, puisqu'elle a consenti, ça va marcher comme sur des roulettes ! Mais plus elle lui donnera dans l'œil, moins il se cramponnera au magot!

Pour bien marier sa fille
On doit la faire briller ;
Plus elle paraît gentille,
Moins il faut se dépouiller!
Est-elle fraîche et mignonne?
On ne donne point beaucoup!
Tout à fait belle?.. On ne donne
Rien du tout!

Si Lucas n'est pas traitable,
Je le fais asseoir à table
A côté de ma Suzon!
Et, la voyant si bien faite,
Si jolie et si coquette,
Il en perdra la raison!
S'il me dit : « Je veux la vigne! »
Moi je lui montre d'un signe
Deux yeux faits pour le griser!...

Et si je vois qu'il hésite,
Poussant vers lui la petite,
Je l'achève d'un baiser!

Pour bien marier sa fille
On doit la faire briller;
Plus elle paraît gentille,
Moins il faut se dépouiller!
Est-elle fraîche et mignonne?
On ne donne pas beaucoup!
Tou à fait belle?.. On ne donne
Rien du tout!

SCÈNE II

SIMON, SUZON.

SUZON, *entrant.*

Me voilà, père!

SIMON, *l'examinant.*

Regarde-moi! bon, tout va bien! l'aube est moins fraîche que toi! blanche et rosé!... une vraie pêche! Va, tu tiens de moi, fillette; c'est bien, remonte chez toi et mets-toi quelque ruban pour recevoir ton fiancé!

SUZON, *naïvement.*

Mon fiancé?

SIMON.

Eh bien, oui, Lucas!

SUZON.

Lucas, mon fiancé?

SIMON.

Dame! ne l'as-tu pas accepté ?

SUZON.

Lucas?

SIMON, *s'animant.*

Quand je t'ai dit : « Veux-tu de lui? » n'as-tu pas répondu : « Oui! »

SUZON.

Pardon, j'ai répondu : « Tout de même! »

SIMON, *avec une colère croissante.*

Eh bien, n'est-ce pas la même chose? Dors-tu tout debout, Suzon, et faut-il que je t'éveille avec un grand seau d'eau froide?

SUZON.

Tout de même, si ça vous contente! Et tenez..., là, justement!... voilà que, sans y penser, je réponds pour votre seau d'eau comme je l'ai fait pour votre Lucas!

SIMON, *furieux.*

Je pourrais bien te donner l'un et l'autre!

SUZON, *très calme.*

Le seau d'eau, peut-être! mais Lucas, il faut que j'en veuille!

SIMON.

Je te dis qu'il va venir pour fixer la dot avec moi!

SUZON.

Ça, ça sera dur!

SIMON.

Et pour échanger avec toi le baiser des fiançailles!

SUZON.

Ça, ça sera drôle!...

SIMON.

Et je vais arrêter le jour de la noce.

SUZON.

Tout de même!

SIMON.

Insolente! A-t-on jamais vu chose pareille? Elle veut et puis elle ne veut pas!... Tout le portrait de sa mère! Va, tu tiens d'elle, Suzon!

SUZON.

Et de vous, papa!

Elle s'enfuit au fond à droite.

SCÈNE III

SIMON, THÉRÈSE, sortant de la maison de droite.

SIMON, appelant Suzon avec colère.

Suzon! Suzon!

THÉRÈSE.

Eh là! not' maître! quelle colère! Est-ce de vous lever avant l'aube qui vous donne cette humeur?... Voyez! le jour brille à peine! M'est avis, maître Simon, que vous chantez avant le coq!

SIMON.

M'est avis, dame Thérèse, que vous caquetez comme les poules!...

THÉRÈSE.

Qu'avez-vous contre Suzon?

SIMON.

J'ai qu'elle refuse d'épouser Lucas!

THÉRÈSE, avec satisfaction.

Ah! A la bonne heure donc!

SIMON, l'imitant.

Ah ! A la bonne heure, donc !... Eh bien, aie le malheur de lui parler de ce ton-là !

THÉRÈSE.

Moi ! je n'y manquerai pas, not' maître ! Quand les filles veulent rester sages, il faut les encourager !

SIMON.

Eh ! qui te parle de sagesse ?

THÉRÈSE.

Eh ! le moyen d'être sage avec un benêt comme Lucas ! un ladre qui vendrait son frère pour un boisseau de blé noir et qui a le cœur comme le physique à décourager la vertu !

SIMON.

Silence, commère que vous êtes !

THÉRÈSE.

Je n'ai pas embrassé Suzon depuis qu'elle vous a dit oui ! Mais maintenant qu'elle a dit non !... je vais m'en payer le plaisir !

Elle fait mine de sortir.

SIMON, lui barrant le passage.

Et qu'est-ce que tu lui diras ?

THÉRÈSE, revenant.

Ce que je lui dirai ?

Suzon ! Suzon ! l'amour vous convie !
Vous avez vingt ans !
Suzon ! Suzon ! l'amour c'est la vie !
L'amour n'a qu'un temps !

SIMON.

Mais !

THÉRÈSE.

L'affreux Lucas ne tâche à vous plaire
Que pour avoir vos biens seulement !
Tout l'or d'un sot ne vaut pas, ma chère,
Le cœur d'un amant !...

SIMON, *furieux.*

Si tu as le malheur...

THÉRÈSE, *continuant.*

Vous êtes gentille ;
On vous le dira !
Aimez, jeune fille,
Qui vous aimera !

SIMON, *de plus en plus furieux.*

Eh bien ! moi, je t'ordonne de lui dire.....

THÉRÈSE, *continuant.*

Suzon ! Suzon ! l'amour vous convie !
Vous avez vingt ans !
Suzon ! Suzon ! l'amour c'est la vie !
L'amour n'a qu'un temps !

SIMON.

Eh bien, essaye seulement ! et je te chasse à l'instant même !

THÉRÈSE.

Me chasser ! moi, Thérèse ! après trente ans de service ! Moi, qui ai élevé votre fille comme si j'étais sa mère ! Ah !

je suis curieuse de voir ça! et voilà qui me décide! où est-elle? (Appelant.) Suzon! Suzon!...

Elle sort au fond, à droite.

SIMON.

Veux-tu!... Ah! la vieille pie! Elle va défaire mon ouvrage! (Il sort au fond à droite puis, appelant dans la coulisse.) Thérèse! Suzon!

SCÈNE IV

THÉRÈSE, SUZON.

THÉRÈSE, reparaissant avec Suzon, sur la porte de la maison de droite.

Dissimulez-vous! ne répondez pas!... Je veux vous parler d'abord!

LA VOIX DE SIMON, dans la coulisse.

Thérèse!

SUZON.

Pauvre père! ça va le fâcher!

LA VOIX DE SIMON, dans l'éloignement.

Suzon!

THÉRÈSE.

Chut! ne parlez pas! cela lui donne le temps de ruminer

mes paroles! Tenez, il passe le ruisseau! il nous croit dans la futaie! Vous avez le temps de tout me dire. (La regardant fixement.) Suzon, vous aimez quelqu'un.

SUZON.

Oh! non, je t'assure... Seulement...

THÉRÈSE.

Seulement?

SUZON.

Je veux me marier.

THÉRÈSE.

Avec Lucas?

SUZON.

Oh!

THÉRÈSE.

Avec qui, alors?

SUZON.

Oh! Thérèse!... si tu savais...

THÉRÈSE.

Si je savais quoi?

SUZON, baissant les yeux.

J'ai embrassé un jeune homme!

THÉRÈSE.

Vous?...

SUZON, vivement.

Et quand on a embrassé un jeune homme, tu comprends, Thérèse, même quand il vous est indifférent, il faut bien l'épouser, n'est-ce pas?

THÉRÈSE, vivement, imitant Suzon.

Surtout quand il porte sur l'oreille un gentil chapeau de feutre surmonté d'une plume de coq!

SUZON.

Comment! Tu as deviné... ?

THÉRÈSE.

N'ai-je pas pour vous des yeux de mère? ... le jour où l'on a dressé la grande meule, vous en souvenez-vous? je vous ai porté à boire! Parmi les gens du village qui étaient venus vous aider, j'ai reconnu Jacques, le charron... et je lui trouvé si bonne mine que l'idée m'est venue de vous regarder... Vous étiez toute drôle, Suzon; alors, je suis rentrée à la ferme, enchantée de ma promenade et fredonnant joyeusement les vieilles chansons de ma jeunesse! Dites-moi le reste! Vous n'osez pas?

Parlez, parlez, ma mignonne,
Sans craindre un regard moqueur!
Je ne ris ni ne sermonne;
J'écoute avec tout mon cœur!

SUZON.

La meule était à moitié faite,
Quand mon père nous dit : « Assez! »
Il me jucha sur le faîte
Des premiers blés entassés.
Les garçons cueillaient par toute la plaine
Les gerbes gisant sur le chaume ras,
Et me revenaient bientôt hors d'haleine
Avec du blé plein les bras!

THÉRÈSE.

Et chacun, à tour de rôle,
Vous tendait tout ce blé-là
Au bout d'une grande gaule!

SUZON.

Jacques seul!...

THÉRÈSE.

Nous y voilà !
Jacques seul, fier et superbe,
D'un air sûr et triomphant...

SUZON.

Lançait vers moi chaque gerbe
Comme une balle d'enfant...

THÉRÈSE.

Et toutes les fois, je pense,
Il trouvait sa récompense
Dans un regard de Suzon ?

SUZON.

Je n'en sais rien, mais peut-être
Mes yeux ont pu lui paraître
Plus troublés que de raison !

THÉRÈSE.

Et jusqu'à la brune,
Ce trouble fut dans vos yeux.

SUZON.

Dis jusques au clair de lune,
Thérèse, tu diras mieux !

ENSEMBLE

SUZON.

Son regard était si tendre,
Quand il se posait sur moi,
Que je n'ai pu me défendre
De ce doux émoi.

THÉRÈSE.

A vingt ans le cœur est tendre,
Et l'amour lui fait la loi.

Qui jamais put se défendre
D'un si doux émoi?

THÉRÈSE.

Après ?...

SUZON.

La meule finie,
Nous soupâmes en pleins champs,
Fêtant la moisson bénie
Par nos rires et nos chants !
Puis je revins toute seule,
Quand le jour se fut enfui,
M'étendre au pied de la meule...
Et, sans le vouloir, je rêvais à lui !...
J'avais la paupière close...
Soudain, je sens sur mon front
Une lèvre qui se pose !...
Je me dresse !... Lui, plus prompt,
Me prend les mains !... Je me fâche !...
Il les serre à les briser !
« Si tu veux que je te lâche, »
« Suzon, rends-moi mon baiser. »
Je voulais m'enfuir, Thérèse ;
Il fallut bien l'embrasser !

THÉRÈSE.

Et vous en étiez bien aise !

SUZON.

Ce fut donc sans y penser !

ENSEMBLE

SUZON.

Mais sa voix était si tendre,
Il tremblait tant près de moi,
Que je n'ai pu me défendre
De ce doux émoi.

THÉRÈSE.

A vingt ans le cœur est tendre,
Et l'amour lui fait la loi.
Qui jamais put se défendre
D'un si doux émoi?

THÉRÈSE.

Eh bien, je n'aurais pas cru ça de Jacques!

SUZON.

Aussi, n'aurais-je jamais cru que c'était lui, si je ne l'avais reconnu, malgré la nuit, à son chapeau de feutre et à sa plume de coq. Tu vois que ce n'était pas de ma faute.

THÉRÈSE.

Oh! pas de votre faute! pas de votre faute! Quand on embrasse un jeune homme, c'est qu'on veut bien l'embrasser! Moi qui vous avais donné des principes!...

SUZON.

Tu es fâchée contre moi?

THÉRÈSE.

Oui, là!

SUZON, gentiment.

Embrasse-moi, Thérèse!

THÉRÈSE.

Oh! non, par exemple!

SUZON, lui saisissant les poignets et les serrant derrière le dos de Thérèse.

Thérèse, veux-tu m'embrasser?

THÉRÈSE.

Non, là!

SUZON.

Allons, vite!

THÉRÈSE.

Non! Vous me faites mal; lâchez-moi!

SUZON.

Embrasse-moi d'abord!

THÉRÈSE.

Mais vous me rompez les poignets!

SUZON.

Embrasse!

THÉRÈSE, l'embrassant.

Tenez! là! mais ce n'est pas de bon cœur! Si vous n'étiez pas la plus forte!...

SUZON.

Eh bien, Thérèse, voilà justement comment M. Jacques s'est fait embrasser! Crois-tu que je pouvais m'en défendre, maintenant?

THÉRÈSE, avec véhémence.

Vous ne le pouviez pas, Suzon! et même, en y songeant... vous avez bien fait... Les luttes qui durent,... je n'aime pas ça!... Embrasser et se sauver, voilà le fait d'une fille sage!

SUZON.

Seulement il faut que je l'épouse!

THÉRÈSE.

C'est indispensable.

SUZON.

Rappelle-toi l'histoire que nous a lue le maître d'école, à la veillée, cet hiver!

THÉRÈSE.

Quelle histoire?

SUZON.

Tu sais bien, Thérèse? « Après ce fatal baiser, la mar-
» quise était déshonorée si Blaise ne l'épousait pas!... »

THÉRÈSE.

Il s'agissait peut-être là d'un baiser... plus conséquent.

SUZON.

Oh! je l'ai embrassé très fort!

THÉRÈSE.

Hein?

SUZON.

Dame! Quand on est en colère!

Jacques paraît au fond.

THÉRÈSE.

Vous avez raison, Suzette, vous ne pouvez épouser que lui!

SCÈNE V

LES MÊMES, JACQUES.

JACQUES, *entrant.*

Qui, lui?

SUZON.

Ah!

Elle fait un pas vers la maison.

JACQUES.

Eh bien, je vous mets en fuite?

SUZON.

Oui, monsieur!

JACQUES.

Comment? Pourquoi?

SUZON.

Vous le demandez?... Après ce qui est arrivé?

JACQUES.

Qu'est-ce qui est arrivé?

SUZON, *lui faisant honte.*

Oh!

Elle entre dans la maison à gauche.

JACQUES, *à Thérèse.*

Comment! Elle s'en va pour tout de bon?

THÉRÈSE.

Cela vous étonne?... Après ce qui est arrivé?

JACQUES.

Toi aussi?

THÉRÈSE, *se dirigeant vers la maison de droite.*

Oh!

JACQUES.

Mais Thérèse!... Mais!...

THÉRÈSE, *revenant.*

Qu'est-ce que vous venez faire ici?

JACQUES.

Dame, je viens... ou plutôt je venais..

THÉRÈSE.

Pour?

JACQUES.

Pour la demander en mariage!

THÉRÈSE.

C'est bien le moins que vous lui deviez!

JACQUES.

Hein?

THÉRÈSE.

Pauvre enfant! pauvre enfant!

JACQUES.

Mais ..

THÉRÈSE.

Oh!...

Elle entre dans la maison de droite.

SCÈNE VI

JACQUES, puis SIMON.

JACQUES, ahuri.

Ah çà! qu'est-ce qui est donc arrivé?

SIMON, entrant.

Tiens!... le charron!... Bonjour, mon garçon! Oh! tu as une bonne tête!

JACQUES.

Est-ce que vous le savez, vous?

SIMON.

Quoi?

JACQUES.

Ce qui est arrivé?

SIMON.

Tu dis?

JACQUES.

Il paraît que c'est le moins que je lui doive.

SIMON.

A qui?

JACQUES.

A votre fille!

SIMON.

Tu dois quelque chose à ma fille?

JACQUES.

C'est Thérèse qui vient de me jeter ça au nez!

SIMON.

Et qu'est-ce que tu peux lui devoir?

JACQUES.

De la demander en mariage.

SIMON.

Thérèse se mêle de ce qui ne la regarde pas!

JACQUES.

Si je suivais son conseil, pourtant?

SIMON.

Je te prierais de repasser!

JACQUES.

Quand ça?

SIMON.

Quand j'aurai marié ma fille à Lucas.

JACQUES.

A Lucas!...

SIMON.

C'est promis!

JACQUES.

Mais ce n'est pas possible! voyons, père Simon! réfléchissez! un benêt comme Lucas! Qu'est-ce qu'il a de plus que moi?

SIMON.

Il a de la terre!

JACQUES.

Eh bien, j'ai trois maisons, moi!

SIMON.

Ça ne vaut pas la terre!

JACQUES.

Je gagne de l'argent!

SIMON.

L'argent roule, la terre demeure.

JACQUES.

Mais, père Simon, j'aime votre fille!

SIMON.

Oui, avec sa dot!

JACQUES.

Sa dot! ah! par exemple! voilà quelque chose qui m'est égal! Gardez sa dot, père Simon!

SIMON.

Hein?

JACQUES.

Oui, gardez votre plaine,
Vos coteaux et vos bois,
C'est l'amour qui vers vous m'amène,
Et dans tout ce riche domaine
C'est Suzon seule que je vois.

SIMON, *à part.*

Eh bien, moi, je vois autre chose.

JACQUES.

Je veux qu'elle soit belle
Et riche et sans désir!
A travailler pour elle
J'aurai tant de plaisir!
Je ferai mes délices
De toujours la gâter!
Quels que soient ses caprices,
Je les veux contenter!
C'est ainsi que je l'aime
Et mon amour jaloux
Veut tout donner lui-même
Et n'attend rien de vous!...

Oui, gardez votre plaine,
Vos coteaux et vos bois!
C'est l'amour qui, vers vous m'amène
Et dans tout ce riche domaine
C'est Suzon seule que je vois!...

SIMON.

Malheureux! voilà les sornettes que tu viens me chanter et tu crois que je vais te préférer à Lucas?... pour que tu mettes ma fille sur la paille, n'est-ce pas?

JACQUES.

Ah! tenez, père Simon!... Vous me cachez quelque chose! Dites-le-moi, au moins!

SIMON.

Quoi?

JACQUES.

Ce qui est arrivé, pardi? Ce n'est pas pour rien que votre fille m'a dit ça, n'est-ce pas?

SIMON, à part.

Au fait, si ce n'est pas pour rien, c'est pour quelque chose! Et, du moment que c'est pour quelque chose... voilà mon affaire!

JACQUES.

Vous dites?

SIMON.

Je dis que tu as de l'aplomb de me regarder en face, toi!

JACQUES.

Hein?

SIMON.

Tu oses, après ce qui est arrivé?...

JACQUES.

Mais quoi? quoi? quoi?

SIMON.

Il le demande!... Eh bien, ce n'est pas moi qui te le dirai, entends-tu! Et fais-moi le plaisir de décamper tout de suite Et rondement!... Et que c'est vraiment malheureux de voir des personnes comme cela dans le monde!

JACQUES.

Ah! vous me chassez! c'est bien! je ne me le ferai pas répéter deux fois, père Simon! mais vous me regretterez!... C'est moi qui vous le dis!

SIMON.

On dit tant de choses!

JACQUES.

Adieu!

Il sort.

SIMON.

Bon voyage! (Seul.) C'est égal, si je pouvais savoir ce qui est arrivé, ça me ferait plaisir!

SCÈNE VII

SIMON, SUZON, THÉRÈSE.

SUZON, sortant de la maison de gauche.

Eh bien?

THÉRÈSE, sortant de la maison de droite.

Eh bien?

SIMON.

Quoi ?

SUZON.

Il m'a demandée en mariage ?

SIMON.

Qu'est-ce que ça te fait ?

SUZON.

Ce que ça me fait ?

SIMON.

Dame ! tu ne peux pas l'épouser..... après ce qui est arrivé !

SUZON.

Comment, père ?... Vous savez !...

THÉRÈSE.

Mais alors, ce que vous savez, c'est qu'elle ne peut épouser que lui.

SIMON.

Le charron !

THÉRÈSE.

Sans doute ! puisqu'elle l'a embrassé !

SIMON.

Hein ? C'est donc ça qui est arrivé ? Tu l'as embrassé ?

THÉRÈSE.

Par force ! C'était pour s'ensauver de lui ! Il lui brisait les poignets !

SIMON.

Fallait lui donner une gifle !

SUZON.

Mais puisqu'il me tenait les mains!

SIMON.

Mauvaise raison !

SUZON.

Enfin, je l'ai embrassé !

SIMON.

Eh bien, après ?

SUZON.

Après, il faut que je l'épouse ! Et je n'épouserai jamais que lui !... Sans quoi je serais déshonorée !

SIMON.

Pour un baiser ?

THÉRÈSE.

Monsieur, dans l'histoire du maître d'école, cet hiver, à la veillée, il y avait cette phrase : « Après ce fatal baiser, » la marquise était déshonorée, si Blaise ne l'épousait pas ! »

SIMON.

Ah ! toi ! tu as de l'aplomb ! Si, quand tu avais son âge, on t'avait fait épouser tous ceux que tu embrassais, tu aurais épousé tout le village... moi tout le premier, la Thérèse !

THÉRÈSE, *suffoquée.*

Vous dites !... Oh ! cette imposture !

SIMON.

Quant à toi, la mijaurée, c'est Lucas que tu épouseras !

SUZON.

Jamais ! j'ai embrassé Jacques !

SIMON.

C'est bon ! Personne n'en sait rien !

SUZON.

Oui, mais je le dirai à tout le monde !

SIMON.

Ah ! tu fais la mauvaise tête !...

ENSEMBLE.

SIMON.

Morbleu ! j'étouffe de colère !
Oser ainsi braver son père,
C'en est trop !
Je vous ferai connaître
Qu'ici je suis le maître !
Plus un mot !

SUZON.

Lucas ! j'étouffe de colère.
Quel pouvoir a donc sur mon père
Un tel sot ?
Je lui ferai connaître
Que mon cœur est mon maître !
C'en est trop !

THÉRÈSE.

Lucas ! son seul nom m'exaspère !
Quel pouvoir a sur votre père
Un tel sot ?
Vous lui ferez connaître
Que le cœur parle en maître !
Il le faut !

SCÈNE VIII

Les Mêmes, LUCAS.

LUCAS, entrant.

Bonjour, la compagnie!

SUZON.

A

Elle se sauve dans la maison de gauche.

THÉRÈSE.

Oh!

Elle se sauve dans la maison de droite.

SCÈNE IX

SIMON, LUCAS.

LUCAS.

Comment! Ah! oh!

SIMON.

C'est la joie, Lucas!

LUCAS.

Ah! oh?

SIMON.

Et puis, tu la surprends là dans ses habits du matin!... Veux-tu parier qu'en ce moment elle se met quelque ruban pour te plaire?

LUCAS.

Ah! oh!...

SIMON.

Sans mentir! ici tout à l'heure, elle me disait: « Il faut » que je l'épouse! et je n'épouserai jamais que lui! »

LUCAS.

Ah! oh!.. c'est bon!... parlons de la dot!

SIMON.

La dot? Une belle fille comme Suzon se marie sans dot, Lucas! c'est ce que me disait le charron qui me la demandait tout à l'heure!

LUCAS.

Prenez le charron, maître Simon! Sans dot!... Je vais chez le père Colin qui veut me donner sa fille avec toute la plaine aux Cailles! ça fait que je gagnerai sur le nord au lieu de gagner sur le midi! Va pour la plaine aux Cailles!

Il fait mine de sortir.

SIMON, le rattrapant.

Attends donc!

LUÇAS.

Quoi?

SIMON.

Tu ne songes pas combien Suzon sera riche après ma mort?

LUCAS.

Dans cent ans !...

Il fait mine de sortir.

SIMON, le retenant encore.

Mais reste donc là !... On va en causer de la dot ! Et le verre à la main encore ! J'ai un petit cidre mousseux dont tu me diras des nouvelles !... Attends-moi là !... Je reviens !... (A part.) Suzon dit vrai ! ça sera dur !

Il entre dans la maison.

SCÈNE X

LUCAS, seul.

(Regardant à gauche et imitant Suzon.) Ah !... (Regardant à droite et imitant Thérèse.) Oh ! (Descendant en scène.) Lucas ! me disait mon père, dans le mariage il faut considérer trois choses : le bien qu'il apporte ; les rejetons qu'il rapporte et les accidents qu'il comporte !... Mais !... suis bien mon raisonnement !... Le bien doit toujours être en rapport avec les rejetons ! Or, comme les rejetons sont toujours en rapport avec les accidents, c'est avec les accidents que le bien doit être en rapport !... Et ne te chagrine pas du reste ! Tous les Lucas de père en fils ont eu des rejetons, du bien et des accidents ! Demande plutôt à ton grand-père ! et je lui ai demandé donc !... « Qu'est-ce que vous dites de ça, le vieux ! » — « Moi ? »

Avec l'accent d'un vieillard.

Je dis que c'est folie
De prendre une fille sans dot !

Que plus l'épousée est jolie
Et plus l'épouseur est un sot !
Car si la dame n'est point sage
Et que le mari soit un gueux,
Pour peu que la belle partage
A tous les beaux gars du village
Son cœur volage !...
Qu'aura le benêt de plus qu'eux ?...

Et pardi ! le vieux avait raison !...

De son accent naturel.

Tandis que si notre future
Nous apporte un magot bien rond,
Si haute que soit la ramure
Dont elle ornera notre front,
Avec nos brebis à l'étable
Et nos bœufs mieux coiffés que nous,
Et notre bien considérable,
Et notre femme, grâce au diable,
Toujours aimable,
C'est nous qui ferons des jaloux !

Voilà !... Donc, Lucas, mon ami, puisque le père Simon t'a promis le pré et la vigne du coteau, il te faut encore... le moulin ! Suzon est jeune ?... le pré !... Suzon est jolie ?... le coteau ! Suzon est coquette ? le moulin !... Je vais lui soutirer le moulin !

SCÈNE XI

LUCAS, SIMON.

SIMON, rentrant, à part.

Je lui ai promis la vigne du coteau et le pré!... c'est trop de la moitié!... faut que je rattrape mon coteau!...

Il verse le cidre dans les verres et fait signe à Lucas de s'asseoir.

LUCAS, à part, s'asseyant.

Si tu crois que tu vas me griser!

SIMON.

Vois, Lucas, comme il mousse!

LUCAS.

Dame! puisqu'il est mousseux!

SIMON.

Enfin, goûte-moi ça!

LUCAS.

J'y goûte!

Ils boivent.

SIMON.

Eh bien?

LUCAS.

Eh bien?

SIMON.

Es-tu chanceux tout de même!

LUCAS.

Chanceux?

SIMON.

Le pré que je te donne
Contient trois cents pommiers!
Un ruisseau l'environne
Large au moins de six pieds!...

LUCAS.

Mettons quatre!

SIMON.

La récolte est superbe
Et remplit cent tonneaux
Tandis que, broutant l'herbe,
Prospèrent tes troupeaux!...
La vigne, triste affaire!...
Je t'en donne ma foi!...
Mon coteau, petit père,
N'est pas plus gras que moi!
Va! va! le lopin n'est pas beau!
Tu peux me laisser le coteau!
Crois-moi, c'est un triste cadeau!
Renonce au coteau!

LUCAS.

Comment! vous croyez que...

Ils trinquent.

SIMON, *à part.*

Eh bien, je crois que ça y est!

LUCAS.

Eh bien, je vois la chose
De toute autre façon!

Que sur la vigne on glose,
Moi je suis bon garçon !
Je vous en débarrasse !...
On est gentil, pas vrai ?
Seulement, sans grimace,
Le moulin me plairait !
Et puisque la vendange
Ne grossit pas mon bien,
Moi, le moulin m'arrange !
Je vous le prends pour rien !
Beau-père, il me faut un moulin !
Le vôtre ou celui de Colin.
Je veux un moulin !...

Ils se regardent un instant sans rien dire.

SIMON.

Un moulin, pourquoi faire ?

LUCAS.

Pour y moudre mon blé !

SIMON.

On le moud chez son père !

LUCAS.

Non pas ! j'en veux la clé !
Colin avec sa fille
Veut me donner le sien !

SIMON.

Suzette est si gentille
Qu'on la prendrait sans bien !

LUCAS.

L'autre est fort présentable !
Je m'en vais l'épouser !

Il fait mine de sortir.

SIMON, le retenant.

Eh ! reste donc, que diable !
On ne peut plus causer !

ENSEMBLE.

LUCAS, revenant.

Beau-père, il me faut un moulin !
Le vôtre ou celui de Colin !
Je veux un moulin !

SIMON.

C'est pour m'attraper, gros malin
Que tu me parles de Colin !
Mon pauvre moulin !

LUCAS.

Est-ce oui ? Est-ce non ? Si c'est non, dites-le tout de suite et je cours chez le père Colin ! Au fait, il est bien plus vieux que vous ! c'est un homme qui n'a que le souffle ! J'aurai quelque bonne surprise !... et, puisque vous faites tant de façons...

SIMON, le retenant.

Eh bien ! va pour le moulin !

LUCAS.

Le moulin, le pré, le coteau !

SIMON.

Ah ! non. pas le coteau alors !

LUCAS.

Vous venez de me le promettre !

SIMON.

Moi!

LUCAS.

Oui, vous! Et il n'y a plus à se dédire! Il faut s'exécuter, ou je me fâche, moi!

SIMON.

Hein?

LUCAS, le prenant à la gorge.

Entendez-vous, père Simon? Je ne vous lâche plus, que vous ne m'ayez fait un papier! Et vous allez venir chez le notaire pour signer votre promesse!... et ensuite chez monsieur le curé pour faire publier les bans!.. Ah! mais.

SIMON.

Veux-tu me lâcher! tu m'étrangles!.. c'est bon!.. tu es un homme d'ordre! tu sais défendre tes intérêts, toi! tu ne viens pas dire à un père que tu prends sa fille sans dot!.. Ça me donne confiance pour l'avenir. Allons chez le notaire et chez le curé! Aussi bien, le plus tôt sera le mieux et après ça aucun de nous n'aura plus à se dédire!.... (D'un air piteux.) Avec le moulin, alors?

LUCAS.

Avec le moulin!

SIMON.

Eh bien, soit! viens faire publier les bans!

Ils sortent par le fond.

SCÈNE XII

SUZON, THÉRÈSE, puis JACQUES.

Au moment où Simon sort avec Lucas, Suzon et Thérèse passent vivement la tête, l'une à la porte de la maison de gauche, l'autre à la porte de la maison de droite qu'elles viennent d'entr'ouvrir, et, suivant du regard les deux hommes, elles ne sortent que lorsqu'ils ont disparu.

SUZON.

Les bans !

THÉRÈSE.

Les bans!

SUZON.

Non ! mais comprends-tu cela ?... les bans

THÉRÈSE.

Voyons ! parlons peu et parlons bien ! Vous aimez Jacques, n'est-ce pas ?

SUZON.

Moi ? je le déteste !

THÉRÈSE.

C'est juste. Un homme qui vous a embrassée de force !.. Seulement ?..

SUZON.

Seulement, il faut que je l'épouse!

THÉRÈSE.

Naturellement !

SUZON.

Et je l'épouserai malgré tout le monde ! tu entends, Thérèse, malgré tout le monde !

Jacques paraît au fond.

THÉRÈSE.

Dites-le-lui donc à lui-même ! car le voici à propos ! *(A Jacques.)* Je vous croyais déjà bien loin... ?

JACQUES.

Mamzelle Suzon, voyez-vous, je ne peux pas partir comme ça ! Il faut que je sache ce qu'on me reproche !

SUZON.

Ce qu'on vous reproche, monsieur Jacques?

THÉRÈSE.

Oh !

JACQUES, *éclatant.*

Enfin, qu'est-ce qui est arrivé?...

THÉRÈSE.

Vous ne le savez que trop ! Il est arrivé, malheureux, que vous l'avez embrassée en traître, et que vous vous êtes fait embrasser de force en lui rompant les poignets !

JACQUES.

Moi?

THÉRÈSE.

Faites donc l'innocent ! Vous ne vous rappelez pas le soir de la grande meule, à présent? Il faisait tout noir ! On ne se voyait pas ! mais elle vous a bien reconnu !...

SUZON, timidement.

A votre plume!...

THÉRÈSE.

De coq!...

JACQUES, à part.

Ah! je devine! gredin de Lucas! c'est donc pour ça qu'il m'avait emprunté mon chapeau!

THÉRÈSE.

Alors, dame! vous comprenez? elle vous déteste maintenant!... et elle ne veut épouser que vous!

JACQUES.

Que moi?...

THÉRÈSE.

Naturellement! C'est très clair! On ne se marie point pour son plaisir, n'est-ce pas? Alors, puisqu'elle vous déteste!... (Prenant la main de Suzon et l'attirant vers Jacques.) Expliquez-lui donc ça, Suzon! vous le lui ferez comprendre mieux que moi! L'ouvrage me réclame, bonjour!...

JACQUES, à part.

Oh! mais je ne me défends plus!... Et je remercierai Lucas!...

THÉRÈSE, à droite.

Gageons qu'elle l'embrasse encore!...

Elle entre dans la maison de droite.

SCÈNE XIII

JACQUES, SUZON.

JACQUES.

Vous me détestez?

SUZON.

Oui je vous déteste!

JACQUES.

Mais vous m'épousez?

SUZON.

Dame! il le faut bien!

JACQUES.

Et ce petit cœur d'un baiser funeste
Se souviendra-t-il?

SUZON.

Dame! il n'en sait rien!

JACQUES.

Et si quelque autre à ma place
Vous a volé ce baiser?

SUZON.

On sait bien qui vous embrasse.
L'ombre ne peut abuser !...
Pourtant il faisait si noir
Que l'on pouvait s'y méprendre !

JACQUES.

Ah ! du moins, Suzon, veux-tu me le rendre,
Ce baiser si plein d'espoir ?
Ce n'est pas une amourette,
C'est un amour éternel
Qui me lie à ma Suzette !...
Et la suivra jusqu'au ciel !

SUZON, à part.

Oui, mon Jacques, jusqu'au ciel !

ENSEMBLE.

JACQUES.

Ce n'est pas une amourette
C'est un amour éternel
Qui me lie à ma Suzette
Et la suivra jusqu'au ciel !

SUZETTE.

Ce n'est pas une amourette,
C'est un amour éternel
Qui le lie à sa Suzette
Et la suivra jusqu'au ciel !

JACQUES.

Ah ! le doux regard !.. Ecoute !
Je veux encore un baiser !

Le pr·mier, Suzette, est le seul qui coûte!...
Tu n'as plus le droit de m'en refuser!...

SUZON, passant à gauche.

Si j'y consentais, vous croiriez peut-être
Qu'en secret je vous aimais!

JACQUES.

Non!

SUZON.

C'est à mon futur maître
Que j'obéis désormais!

JACQUES.

Oui!

SUZON.

Vous l'ordonnez! mais, moi, je proteste!

JACQUES.

Oui!

SUZON.

Vous triomphez d'un cœur désarmé!

JACQUES.

Oui!

SUZON.

N'oubliez pas que je vous déteste!

JACQUES.

Non!... Moi je t'adore!

Il la prend dans ses bra·.

SUZON, s'abandonnant à son étreinte.

O mon bien-aimé!

ENSEMBLE.

SUZON.

Ce n'est pas une amourette,
C'est un amour éternel
Qui le lie à sa Suzette
Et la suivra jusqu'au ciel.

JACQUES.

Ce n'est pas une amourette,
C'est un amour éternel
Qui me lie à ma Suzette
Et la suivra jusqu'au ciel.

SCÈNE XIV

LES MÊMES, SIMON.

SIMON.

Ah bah!

SUZON, se séparant vivement de Jacques.

Mon père!

SIMON.

Dis donc, Suzon, il me semble bien que cette fois-ci il n'a pas eu besoin de te briser les poignets!

SUZON.

Mon père!

SIMON.

C'est bon, rentre à la maison! Nous recauserons de cela plus tard!... Allons! vite! qu'on m'obéisse!

SUZON.

Au revoir, M. Jacques!

JACQUES.

A bientôt, mamzelle Suzon!

Geste d'impatience de Simon. Suzon entre dans la maison.

SCÈNE XV

SIMON, JACQUES.

SIMON, à Jacques.

Et maintenant, expliquons-nous!

JACQUES.

L'explication est bien simple : Vous ne voulez pas de moi! Elle, elle en veut bien!... Voilà!

SIMON.

Je l'ai promise à Lucas!

JACQUES.

Possible !... mais, c'est moi qu'elle aime.

SIMON.

Eh bien, elle te désaimera !

JACQUES.

Ça, je ne le crois pas !

SIMON.

Eh bien, elle ne te désaimera point, mais elle épousera Lucas ! D'ailleurs, ce n'est pas tout ça. Je ne donnerai jamais ma fille à un homme qui a eu la lâcheté de se faire embrasser de force !

JACQUES.

Bien vrai ?... Eh bien, c'est Lucas qui est le coupable ; il avait pris mon chapeau et mon veston, et dans l'ombre, il s'est fait passer pour moi.

SIMON.

Lucas ? Lucas a fait ça ?

JACQUES.

Oui, Lucas !... votre Lucas !...

SIMON.

Eh bien, je te remercie de me le dire ! voilà justement la raison qui me manquait. Il n'a plus qu'à venir maintenant ! Suzon lui sautera au cou.

JACQUES.

Ah ! vous avez deux paroles !... Ce n'est pas honnête, père Simon !... Mais vous n'y gagnerez rien !... le cœur de Suzon est à moi !... et Lucas ne l'aura pas malgré elle !

SIMON.

Eh bien, c'est ce qui te trompe, mon garçon ! il a ma parole, il s'en contente.

JACQUES.

Vraiment! Il s'en contente!... Eh bien, moi, je ne m'en contente pas ! et c'est ce que je m'en vais lui dire ! Et je vais de ce pas à sa ferme, et nous allons causer un brin !... Et s'il fait le récalcitrant,... je vous apporterai de ses nouvelles!... Adieu ! ou plutôt au revoir!

SIMON.

Bien le bonjour !

SCÈNE XVI

SUZON, SIMON, THÉRÈSE.

SIMON, appelant.

Suzon! Suzon!

SUZON, entrant.

Quoi, mon père?

SIMON.

Bonne nouvelle!... Ce n'est pas Jacques qui t'a embrassée l'autre jour!... c'est ce gaillard de Lucas qui avait pris le chapeau de Jacques!...

SUZON.

Lucas! quelle histoire!

SIMON.

C'est Jacques qui vient de me le dire.

SUZON, indignée.

Lucas! Oh! si j'avais su, quelle gifle!

SIMON.

Bon! puisqu'il te tenait les mains!

SUZON.

Tiens! je l'aurais fait lâcher, donc!

SIMON.

Ouais! voyez-vous là malice!... n'empêche que tu l'épouseras!...

SUZON.

Lucas?

SIMON.

Dame! tu l'as embrassé!

SUZON.

Eh bien, après?

SIMON.

Après? il faut que tu l'épouses ou tu seras déshonorée!

SUZON.

Pour un baiser?

SIMON.

Dans l'histoire du maître d'école...

SUZON.

Chansons! ce n'est qu'une histoire!... Et s'il fallait épouser tous les garçons qu'on embrasse, on n'en finirait jamais! Demandez plutôt à Thérèse!...

THÉRÈSE.

Vous aussi!...

SIMON.

Ah! c'est comme çà? tu as deux morales, selon le cas!... Eh bien, tu m'entends, Suzon... je viens de chez le notaire qui n'y était pas! de chez le curé qui était sorti!... mais Lucas va venir me chercher pour y retourner tout à l'heure! et tu vas être gentille avec lui!,.. et ne pas faire la mauvaise tête!... ou, par tous les diables d'enfer!... je ne sais pas ce qui t'arrivera!... (Lucas paraît au fond.) Ah! c'est toi, Lucas! approche ici, mon garçon, et fais ta cour à ma fille... et pendant que je vais te faire le papier que nous allons porter chez le notaire, échangez le baiser des fiançailles! (A Suzon.) Tu m'entends, Suzon, le baiser des fiançailles!...

Il entre dans la maison.

THÉRÈSE, à part.

Je parie pour une gifle!

SCÈNE XVII

SUZON, THÉRÈSE, LUCAS.

SUZON.

Monsieur Lucas, je serai franche! je ne peux pas vous épouser, vu que j'en aime un autre que vous!...

LUCAS.

Mamzelle Suzon, je serai franc! Votre père vous donne à moi; je vous prends comme il vous donne!

THÉRÈSE.

Monsieur Lucas, je serai franche! Si un homme m'avait dit ça, je l'aurais épousé tout de suite, rien que pour le lui faire payer!

LUCAS.

Dame Thérèse, je serai franc! J'aurais épousé le diable plutôt que de vous confier l'embarras de ma coiffure!

THÉRÈSE.

L'embarras ne serait pas grand, voisin! vous êtes né coiffé!

LUCAS.

Et vous coiffeuse, voisine! Tenez, mamzelle Suzon! C'est c'le qui vous monte la tête! vous avez tort de la croire!... Je vaux mieux que vos coqs de village, et vous serez heureuse avec moi!

SUZON.

Heureuse !

THÉRÈSE.

Avec vous !

LUCAS.

Épousez-moi, vous verrez !

SUZON.

Ah ! tenez !... rien que cette idée-là me donne le vertige !...

Peut-on, sans perdre la tête,
Songer à tant de bonheur ?
Vous épouser !... quelle fête
Pour un jeune cœur !

Tous les jours, avant l'aurore,
Vous m'emmenerez aux champs,
Et nous y serons encore
Pour voir les soleils couchants !
Si, tout en bêchant la terre,
Je hasarde un gai propos,
Vous me direz de me taire :
« Qui jase prend du repos ! »

LUCAS.

Mais non ! mais non !

SUZON.

Nous rentrons chez nous, je coupe
Du pain noir dans l'eau qui bout,
Et nous mangeons cette soupe,
Vous assis et moi debout !
Et, sans plus de badinage,
Je vous vois vous en aller
Et j'achève mon ménage
En vous entendant ronfler !

Imitant quelqu'un qui ronfle.

Rrr !....

THÉRÈSE, de même.

Rrr!....

LUCAS.

Moi? je ne fais pas tant de bruit que ça! un souffle! (Ronflant avec grâce). Rrr!....

THÉRÈSE et SUZON, éclatant de rire.

Ah! ah! ah!

SUZON.

Peut-on, sans perdre la tête,
Songer à tant de bonheur!
Vous épouser!... Quelle fête
Pour un jeune cœur!

THÉRÈSE.

Vous voyez, monsieur Lucas, qu'elle a du bonheur sur la planche!

LUCAS.

Oui! voilà le fruit de vos leçons! on voit que vous l'avez élevée!... Elle me méprise, n'est-ce pas? parce que je suis un travailleur et que je vais en sabots et en bonnet de laine, et que je ne porte pas des chapeaux avec des plumes de coq!

SUZON, regardant Thérèse comme si elle ne comprenait pas.

Des plumes de coq?..

THÉRÈSE.

Des plumes de coq?

LUCAS, à Suzon.

Oui, oui, faites donc l'étonnée! Il paraît que les mots vous surprennent plus que les baisers!

SUZON, jouant l'étonnement.

Les baisers!

THÉRÈSE, de même.

Les baisers ?

LUCAS.

Oui, le soir de la grande meule !... vous savez bien ce que je veux dire ! Seulement, ce que vous ne savez pas, c'est que ce n'est pas Jacques, le charron, que vous avez embrassé !. . c'est moi !

SUZON, naïvement.

Moi, j'ai embrassé quelqu'un ?

LUCAS.

Vous osez le nier maintenant ?

THÉRÈSE.

Dame ! puisque ce n'était pas elle !

LUCAS.

Hein ?

THÉRÈSE.

Il faisait si noir que vous ne m'avez pas reconnue !

LUCAS.

Vous dites?

THÉRÈSE.

Ce n'était pas elle ! c'était moi !

LUCAS.

ous !

Il s'essuie la bouche.

THÉRÈSE.

Réparez !... je vous épouse !...

LUCAS, à Suzon.

Comment ! ce n'était pas vous ! Eh bien, ça va être vous à cette heure !... Votre père me l'a permis, et nous allons échanger le baiser des fiançailles !...

THÉRÈSE.

Attention !

SUZON.

N'approchez pas, monsieur Lucas !

LUCAS.

Si, j'approche !

Il veut prendre les mains de Suzon.

THÉRÈSE.

Une !... deux !... (Suzon dégage ses mains et soufflette Lucas.) Et trois ! j'ai gagné !

SCÈNE XVIII

LES MÊMES, SIMON.

LUCAS.

Tonnerre !...

SIMON, paraissant, un papier à la main.

Eh bien, ce baiser ?

LUCAS.

Une gifle !

SIMON, à Suzon.

Tu as osé ?

SCÈNE XIX

LES MÊMES, JACQUES.

JACQUES.

Ah ! vous voilà, monsieur Lucas ? C'est bon ! nous allons causer, quand j'aurai dit à maître Simon ce qui me ramène si tôt chez lui !...

SIMON.

Et qu'est-ce qui me vaut l'honneur...?

JACQUES, au fond.

J'ai rencontré en route la fille au père Colin qui m'a prié de vous dire que le pauvre homme est défunt !

SIMON.

Le père Colin ?

THÉRÈSE.

Oh! le pauvre vieux!

LUCAS.

Mais alors tout le bien lui revient?

JACQUES.

Dame! puisqu'elle est fille unique!

LUCAS.

Bien le bonsoir, père Simon!

SIMON.

Comment!... tu t'en vas!...

LUCAS.

Avec celle-là au moins c'est moi qui donnerai les gifles!

SIMON.

Puisque je te donne le moulin, qu'est-ce qu'il te faut de plus?

LUCAS.

Faites comme le père Colin.

SIMON, suffoqué.

Merci! tu peux t'agrandir au nord, mon garçon!

LUCAS.

Bonsoir donc, la compagnie!

Il sort.

SCÈNE XX

LES MÊMES, moins LUCAS.

SIMON, indigné.

Comme le père Colin !

THÉRÈSE.

Calmez-vous, not' maître !

SIMON, de même.

Comme le père Colin !

SUZON.

Calmez-vous, père !

SIMON, de même.

Comme le père Colin !..

JACQUES.

Calmez-vous, maître Simon !.. Ah ! si vous le vouliez, pourtant !... je pourrais vendre mes maisons... et acheter de la terre ; je ne vous demanderais pas de mourir, moi, mais de vivre bien vieux pour notre bonheur et celui de vos petits enfants.

SUZON.

Et puis, père, vous ne savez pas ?... il ferait des charrues solides, qui ne vous coûteraient rien !... que le plaisir de les user !

SIMON, d'une voix rude, sans bouger.

Quatre charrues alors ?

SUZON.

Et puis vos deux vieilles charrettes, il les remplacerait par des neuves !...

SIMON, de même,

Par trois neuves !

SUZON.

Sans compter notre carriole qui est hors d'usage !...

SIMON, de même.

Un bon char à bancs, voilà qui est commode !

JACQUES.

Justement, j'ai votre affaire !

SIMON, prenant son parti.

Peins-le en bleu !... c'est ma nuance !

JACQUES, avec espoir.

Alors !... maître Simon ?

SUZON, de même.

Alors, père ?

THÉRÈSE.

Alors, monsieur ?

SIMON.

Eh bien, dame, alors !... (A Jacques.) Bah ! tu es un brave garçon !... Au diable Lucas !

SUZON, tombant dans ses bras.

Ah ! père !...

SIMON.

Embrassez-vous donc ? (Il la jette dans les bras de Jacques. — (A Thérèse.) Et puis, j'aurais dû le prévoir ! Elle est dans l'âge des amourettes !

THÉRÈSE.

Dites de l'amour, père Simon !

ENSEMBLE.

SIMON.

Dès qu'a grandi la fillette,
Fi du pouvoir paternel!
Il lui faut une amourette!...
C'est éternel!

THÉRÈSE et SUZON.

Ce n'est pas une amourette
C'est un amour éternel
Qui le lie à sa Suzette,
Et la suivra jusqu'au ciel!

JACQUES.

Ce n'est pas une amourette
C'est un amour éternel
Qui me lie à ma Suzette,
Et la suivra jusqu'au ciel!

FIN

PARIS. — IMPRIMERIE CHAIX, 20, RUE BERGÈRE. — 11112 5-8.

www.ingramcontent.com/pod-product-compliance
Ingram Content Group UK Ltd.
Pitfield, Milton Keynes, MK11 3LW, UK
UKHW012258240726
13966UKWH00004B/1463

9 782013 072540